S0-AIR-042

La oficina de correos

Julie Murray

Abdo
MI COMUNIDAD: LUGARES
Kids

abdopublishing.com

Published by Abdo Kids, a division of ABDO, PO Box 398166, Minneapolis, Minnesota 55439.
Copyright © 2017 by Abdo Consulting Group, Inc. International copyrights reserved in all countries.
No part of this book may be reproduced in any form without written permission from the publisher.

Printed in the United States of America, North Mankato, Minnesota.

102016

012017

 THIS BOOK CONTAINS
RECYCLED MATERIALS

Spanish Translator: Maria Puchol

Photo Credits: Alamy, AP Images, iStock, Shutterstock, ©Supannee Hickman p.22 / Shutterstock.com

Production Contributors: Teddy Borth, Jennie Forsberg, Grace Hansen

Design Contributors: Christina Doffing, Candice Keimig, Dorothy Toth

Publisher's Cataloging-in-Publication Data

Names: Murray, Julie, author.

Title: La oficina de correos / by Julie Murray.

Other titles: The post office. Spanish

Description: Minneapolis, MN : Abdo Kids, 2017. | Series: Mi comunidad:
    lugares | Includes bibliographical references and index.

Identifiers: LCCN 2016947555 | ISBN 9781624026409 (lib. bdg.) |
    ISBN 9781624028649 (ebook)

Subjects: LCSH: Postal service--Juvenile literature. | Buildings--Juvenile
    literature. | Spanish language materials--Juvenile literature.

Classification: DDC 383--dc23

LC record available at http://lccn.loc.gov/2016947555

Contenido

La oficina
de correos 4

En la oficina
de correos 22

Glosario 23

Índice 24

Código Abdo Kids . . .24

La oficina de correos

Una oficina de correos es un lugar especial. Aquí se junta todo el correo. ¡Llegan montones de cartas!

Ian trabaja ahí. Él es un trabajador de correos.

Kayla va a la oficina de correos para mandar una carta.

Nora compra un sello para pegarlo en su carta.

Janet manda un paquete.

¡Es muy pesado!

A todo el correo se le pone un **matasellos**. El matasellos muestra la fecha de envío.

El correo se **organiza**. Amy pone en orden el correo.

El correo se coloca en los camiones. Mike reparte el correo.

¿Has estado en una oficina de correos?

20

En la oficina de correos

camión de correos

paquete

carta

sello

Glosario

matasellos
marca oficial sellada en las cartas y en el correo.

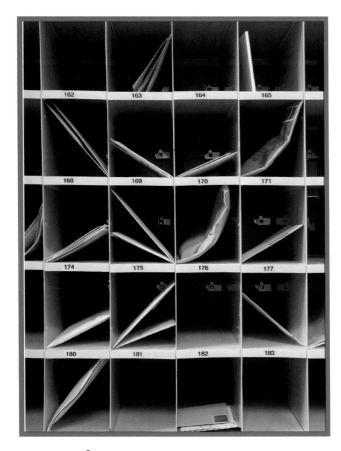

organizar
separar y poner en cierto orden.

Índice

camión de correos 18

carta 8, 10

correo 4, 8, 12, 14, 16, 18

matasellos 14

organizar 16

paquete 12

repartir 18

sello 10

trabajador de correos 6

abdokids.com

¡Usa este código para entrar en abdokids.com y tener acceso a juegos, arte, videos y mucho más!

Código Abdo Kids:
MTK5390